Di una storia vera

Luciano di Samosata

Libro primo

Come gli atleti e coloro che attendono agli esercizi del corpo badano a rendersi gagliardi non pure con la fatica, ma anche ogni tanto col riposo, che è creduto parte grandissima della ginnastica; così ancora quelli che attendono agli studi pensomi che debbano dopo le gravi letture riposare la mente, per averla dipoi più fresca al lavoro. Ed avranno conveniente riposo se si occuperanno in tali letture, che sieno piacevoli sì per certa grazia ed urbanità, e sì per ammaestramenti non privi di leggiadria, come io spero sarà tenuto questo mio scritto. Il quale non solamente per la bizzarria del soggetto, e per la gaiezza de' pensieri dovrà piacere, e per avervi messe dentro molte finzioni che paiono probabili e verosimili; ma perchè ciascuna delle baie che io conto, è una ridicola allusione a certi antichi poeti e storici e filosofi che scrissero tante favole e maraviglie; i quali ti nominerei se tu stesso leggendo non li riconoscessi. Ctesia figliuolo di Ctesioco di Cnido, scrisse intorno all'India cose che egli non vide, e non udì dire da nessuno. Scrisse Iambulo molte maraviglie che si trovano nel gran mare; e benchè finse bugie da tutti riconosciute, pur compose opera non dispiacevole. Molti altri fecero anche così, e scrivendo come certi loro viaggi e peregrinazioni lontane narrano di fiere grandissime, di uomini crudeli, di costumi strani. Duca di costoro e maestro di tale ciarlataneria fu l'Ulisse d'Omero, che nella corte d'Alcinoo contò della cattività de' venti, di uomini bestioni e salvatici con un solo occhio in fronte, di belve con molte teste, de' compagni tramutati per incantesimi, e di tante altre bugie, che ei sciorinò innanzi a quei poveri sciocchi dei Feaci. Abbattendomi in tutti costoro io non li biasimavo troppo delle bugie che dicono, vedendo che già sogliono dirle anche i filosofi, ma facevo le meraviglie di loro che credono di darcele a bere come verità. Onde anche a me essendo venuto il prurito di lasciar qualche cosetta ai posteri, per non essere io solo privo della libertà di novellare; e giacchè non ho a contar niente di vero (perchè non m'è avvenuto niente che meriti di esser narrato), mi sono rivolto ad una bugia, che è molto più ragionevole delle altre chè almeno dirò questa sola verità, che io dirò la bugia. Così forse sfuggirò il biasimo che hanno gli altri, confessando io stesso che non dico affatto la verità. Scrivo adunque di cose che non ho vedute, nè ho sapute da altri, che non sono, e non potrebbero mai essere: e però i lettori non ne debbono credere niente.

Sciogliendo una volta dalle colonne d'Ercole, ed entrato nell'oceano occidentale facevo vela con buon vento. Mi messi a viaggiare per curiosità di mente, per desiderio di veder cose nuove, per voglia di conoscere il fine dell'oceano, e quali uomini abitano su quegli altri lidi. Per questo effetto avevo fatto grandi provvisioni di vettovaglie, e di bastante acqua; scelti cinquanta giovani della mia intenzione; m'ero provveduto d'una buona quantità di armi; avevo preso un pilota con buonissima paga, ed una nave (era una buona caravella) da poter durare a lunga e forte navigazione. Un giorno adunque ed una notte con vento favorevole navigando, vedevamo ancor la terra di lontano, e andavamo oltre senza troppa violenza: ma l'altro giorno col levare del sole il vento rinforzò, il mare gonfiossi, si scurò l'aria, e non fu possibile più di ammainare la vela. Messici alla balía del vento, fummo battuti da una tempesta per settantanove giorni: nell'ottantesimo comparso a un tratto il sole, vedemmo non lontano un'isola alta e selvosa, intorno alla quale non frangeva molto il mare, perchè il forte della tempesta era passato. Approdammo adunque, e sbarcati, ci gettammo a terra stanchi di sì lungo travaglio, e così stemmo lungo tempo. Poi surti in piè, scegliemmo trenta compagni che rimasero a guardia della nave, e venti vennero con me per iscoprire com'era fatta l'isola. Non c'eravam dilungati un tre stadii dal mare per la selva, e vediamo una colonna di bronzo scritta di lettere greche appena leggibili e róse, che dicevano, Fino qui giunsero Ercole e Bacco. V'erano ancora lì vicino due orme di piedi sovra una pietra, la prima d'un jugero, l'altra meno: e credetti questa di Bacco, l'altra di Ercole. Noi adorammo, e proseguimmo. E andati non molto innanzi, giungemmo sopra un fiume che scorreva vino similissimo a quel di Chio. Il fiume era largo e pieno, e in qualche luogo da potersi navigare. Tanto più c'inducemmo a credere alla scritta della colonna, vedendo i segni dell'arrivo di Bacco. Venutami vaghezza di conoscere onde nasceva il fiume, montammo tenendoci sempre alla riva; e non trovammo alcuna fonte, ma molte e grosse viti piene di grappoli: ed alla radice di ciascuna stillavano gocciole di vino puro, donde formavasi il fiume. Nel quale erano ancora molti pesci, che avevano il colore ed il sapore del vino, e noi avendone pescati alquanti, e mangiatili, c'imbriacammo: anzi quando li aprimmo, li trovammo pieni di feccia e di vinacciuoli. Dipoi pensammo mescolarli con altri pesci d'acqua, e così venne non troppo forte un manicaretto di vino. Valicato il fiume dove era il guado, trovammo un nuovo miracolo di viti. La parte di giù che uscia della terra era tronco verde e grosso: in su eran femmine, che dai fianchi in sopra avevano tutte le membra femminili, come si dipinge Dafne nell'atto che Apollo sta per abbracciarla ed ella tramutasi in albero. Dalle punte delle dita nascevano i tralci, che erano pieni di grappoli: e le chiome de' loro capi erano viticci, e pampini, e grappoli. Come noi ci avvicinavamo elle ci salutavano graziosamente quale parlando lidio, quale indiano, e molte greco; e con le bocche ci scoccavano baci, e chi era baciato subito sentiva per ubbriachezza aggirarglisi il capo. Non permettevano si cogliesse del loro frutto, e si dolevano e gridavano quando era colto. Alcune volevano mescolarsi con noi: e due compagni che si congiunsero con esse, non se ne sciolsero più, e vi rimasero attaccati pe' genitali: vi si appiccarono, s'abbarbicarono, già le dita divennero tralci, già vi s'impigliarono coi viticci, e quasi quasi stavano per produrre anch'essi il frutto. Noi lasciatili così, fuggimmo alla nave, dove contammo ai rimasti ogni cosa, e come i compagni nel loro congiungimento erano divenuti viti. Prendemmo alcune anfore, e fatto acqua insieme e fatto vino dal fiume, passammo la notte lì vicino sul lido: e la mattina essendo il vento non troppo gagliardo, salpammo.

Verso il mezzodì, disparita l'isola, un improvviso turbine roteò la nave, e la sollevò quasi tremila stadii in alto, nè più la depose sul mare: ma così sospesa in aria, un vento, che gonfiava tutte le vele, ne la portava. Sette giorni ed altrettante notti corremmo per l'aria: nell'ottavo vedemmo una gran terra nell'aere, a guisa d'un'isola, lucente, sferica, e di grande splendore. Avvicinatici ed approdati scendemmo: e riguardando il paese, lo troviamo abitato e coltivato. Di giorno non vedemmo niente di là; ma di notte ci apparvero altre isole vicine, quali più grandi, quali più piccole, del colore del fuoco, e un'altra terra giù, che aveva città, e fiumi, e mari, e selve, e monti: e pensammo fosse questa che noi abitiamo. Avendo voluto addentrarci nel paese fummo scontrati e presi dagl'Ippogrifi, come colà si chiamano. Questi Ippogrifi son uomini che vanno sopra grandi grifi, come su cavalli alati: i grifi sono grandi, e la più parte a tre teste: e se volete sapere quanto son grandi immaginate che hanno le penne più lunghe e più massicce d'un albero d'un galeone.

Questi Ippogrifi adunque hanno ordine di andare scorrazzando intorno la terra, e se scontrano forestieri, di menarli dal re: onde ci prendono e ci menano a lui. Il quale vedendoci e giudicandone ai panni, disse: Ebbene, o forestieri, siete voi Greci? E rispondendo noi di sì, E come, ci dimandò, siete qui giunti, valicato tanto spazio d'aria? Noi gli contammo per filo ogni cosa; ed egli ci narrò ancora de' fatti suoi, come egli era uomo, a nome Endimione, e come una volta mentre ei dormiva fu rapito dalla nostra terra, e venne quivi, e fu re del paese. Questa, diss'egli, è quella terra che voi vedete di laggiù e chiamate la Luna. State di buon animo, e non sospettate di nessun pericolo, chè non mancherete di tutte le cose necessarie. Se condurrò a buon fine la guerra che ora fo agli abitanti del Sole, voi viverete appresso di me una vita felicissima. – Noi gli dimandammo chi erano quei suoi nemici, e che cagione di guerra ci aveva; ed egli: È Fetonte, il re degli abitanti del Sole (chè anche il Sole è abitato, come la Luna), che ci fa guerra da molto tempo: e la cagione è questa. Una volta io ragunata certa poveraglia del mio reame, pensai di mandare una colonia in Espero, che è un'isola deserta e non abitata da nessuno. Fetonte per invidia impedì questa colonia, assaltandoci a mezza via con una sua schiera di Cavaiformiche. Allora fummo vinti, perchè colti alla sprovveduta, e ci ritirammo; ma ora voglio io portargli la guerra, e piantar la colonia a suo marcio dispetto. Se voi volete esser meco a questa impresa, io vi darò un grifo reale per uno, ed ogni altra armatura: noi dimani partiremo. – Sia come a te piace, io risposi. Così rimanemmo a cenare con lui; ma il giorno appresso levatici di buon mattino ci disponemmo in ischiere, perchè le vedette segnalarono esser vicini i nemici. L'esercito era di centomila guerrieri, senza i bagaglioni, i macchinisti, i fanti, e gli aiuti forestieri: cioè erano ottantamila ippogrifi, e ventimila cavalcavano su gli Erbalati, uccelli grandissimi, che invece di penne sono ricoperti di foglie, ed hanno le ali similissime a foglie di lattughe. Vicino a questi v'erano schiere di Scagliamiglio, e di Aglipugnanti. Eran venuti anche aiuti dall'Orsa, trentamila Pulciarceri, e cinquantamila Corriventi. I Pulciarceri sono così chiamati perchè cavalcano pulci grandissimi, ognuno grande quanto dodici elefanti: i Corriventi son fantaccini, che volano senz'ale, a questo modo: si stringono alla cintura certe lunghe gonnelle, e facendole gonfiare dal vento come vele, vanno a guisa di navicelle, e questi nelle battaglie forniscono l'uffizio di truppe leggiere. Si diceva ancora che da certe stelle che influiscono su la Cappadocia dovevano venire settantamila Struzzipinconi, e cinquemila Cavaigrue; ma io non li vidi, perchè non vennero, onde non mi ardisco di descrivere come erano fatti: ma se ne contavano cose grandi ed incredibili. E queste erano le forze di Endimione. Le armi erano le stesse per tutti: elmi di baccelli di fave, chè le fave colà nascono grossissime e durissime; corazze a squamme, fatte di gusci di lupini cuciti insieme, chè lì il guscio del lupino è impenetrabile come il corno: scudi e spade come l'usano i Greci. Giunta l'ora della battaglia le schiere furono ordinate così: nel corno destro stavano gl'ippogrifi con Endimione circondato dai suoi più prodi, e tra questi anche noi; nel sinistro gli erbalati; nel mezzo gli aiuti, ciascuno nella schiera sua. I fanti poi che erano un sessanta milioni furono collocati a questo modo. Colà sono molti e grandi ragnateli, ciascuno dei quali è maggiore di un'isola delle Cicladi: ora questi ebbero comando di stendere le loro tele nell'aere che è tra la Luna ed Espero: eseguita subito l'opera, e fatto il campo, quivi furono schierate le fanterie: delle quali era capitano Notturno figliuolo di re Sereno con due luogotenenti. Dei nemici poi nell'ala sinistra stavano i Cavaiformiche, tra i quali Fetonte: sono questi bestie grandissime, alate, simili alle nostre formiche, tranne per la grandezza, che giungono ad esser grandi anche due jugeri: combattevano non solo quelli che li cavalcavano, ma essi ancora, e specialmente con le corna: e si diceva che erano intorno a cinquantamila. Nella destra erano disposti gli Aerotafani, anche un cinquantamila, tutti arcieri, che cavalcavano tafani stragrandi: dopo questi stavano gli Aeroriddanti, fanti spediti e battaglieri, che con le frombole scagliavano ravanelli grossissimi, e chi colpivano era subito spacciato, moriva pel puzzo che uscia della ferita: e si diceva che quei terribili proiettili erano unti di veleno di malva. Seguiva la schiera dei Torsifunghi, di grave armatura, che combattevano piantati, ed erano diecimila, si chiamano Torsifunghi perchè per scudi avevano funghi, e per lancia torsi di asparagi. Vicino a costoro stavano i Canipinchi, mandati dagli abitatori di Sirio: erano cinquemila, con teste di cane, e combattenti sovra pinchi alati. Correva voce che mancavano alcuni aiuti; i frombolatori dovevan venire dalla via lattea, ed i Nubicentauri. Ma costoro, quando già la battaglia era vinta per noi, giunsero, e non fossero mai giunti! i frombolieri non comparirono affatto, onde dicono che dipoi Fetonte sdegnato mise a ferro e fuoco il loro paese. E con questo apparato s'avanzava Fetonte.

Poichè si levarono i vessilli, e ragliarono gli asini, che lassù fanno da trombetti, appiccata la battaglia, si combatteva. L'ala sinistra dei Solani subito fuggì non aspettando di venire alle mani coi nostri bravi ippogrifi; e noi ad inseguire, e far carne: ma la loro destra superò la nostra sinistra, e gli aerotafani ci cacciarono fino alle nostre fanterie: ma queste tennero testa, ed essi ricacciati fuggirono a dirotta specialmente quando si accorsero che la loro ala destra era stata vinta. Allora la fuga fu generale: molti furono presi, molti uccisi, e gran sangue scorreva su le nubi, che parevano tinte in rosso, come paiono quaggiù quando tramonta il sole; e ne gocciolò anche in terra: onde io credo che qualche altra battaglia dovette anticamente avvenire lassù, e Omero credette che Giove piovve sangue per la morte di Sarpedonte. Tornati dalla caccia che demmo, rizzammo due trofei, uno su le tele de' ragni per la battaglia dei fanti, e l'altro su le nuvole per quella combattuta nell'aere. Ma subito dipoi le vedette annunziano che siamo assaliti dai Nubicentauri, già aspettati da Fetonte prima della battaglia. Ed ecco avvicinarsi stranamente terribili, sovra cavalli alati, uomini grandi quanto il colosso di Rodi dal mezzo in su, ed i cavalli quanto una grossa nave da carico. Non ne scrivo il numero, che parrebbe incredibile, ma erano infiniti, ed avevano per generale il Sagittario del Zodiaco. Come videro i loro amici sconfitti, mandano a dire a Fetonte di rifar testa; ed essi stretti e serrati piombano addosso ai Lunari, che erano disordinati e sparpagliati a cacciare il nemico e predare: rovesciano tutti, inseguono lo stesso re sino alla sua città, gli uccidono gran parte di guerrieri alati, abbattono i trofei, corrono per loro tutto il campo dei ragnateli, e fanno prigione me e due altri compagni. Sovraggiunge anche Fetonte che fa rizzare altri trofei. Noi lo stesso giorno siamo condotti nel Sole con le mani dietro il dorso legate da un filo di ragnatelo. Pensarono non di espugnare la città; ma ritiratisi fecero un muro nell'aere frapposto, sicchè i raggi del sole non giungevano più alla luna. Il muro era ben grosso e di nuvole: onde ne venne una totale ecclissi della luna, che fu tutta ricoperta di una fitta oscurità. Sforzato così Endimione mandò ambasciatori a pregare di togliere quel muro e non farli vivere così nelle tenebre; promise di pagare un tributo, di mandare aiuti e di non far più guerra: e per questo offerì anche ostaggi. Fetonte due volte tenne consiglio coi suoi: nel primo dì non vollero udire accordi, tanto erano sdegnati: ma il giorno appresso fu deciso altrimenti, e fu fatta la pace con queste condizioni. «Questi sono i patti della pace che fecero i Solani e gli alleati loro coi Lunari ed i loro alleati: che i Solani diroccheranno il muro, e non irromperanno più nella Luna; renderanno i prigioni per le taglie che saranno convenute: che i Lunari lasceranno libere le altre stelle governarsi da sè, non porteranno le armi contro i Solani, ma li aiuteranno e combatteranno con loro se qualcuno li assalirà: ogni anno il re de' Lunari pagherà un tributo al re dei Solani in diecimila anfore di rugiada, e però saranno dati diecimila ostaggi; la Colonia in Espero sarà mandata in comune, e potrà andarvi chiunque altro vorrà. Questi patti saranno scritti sovra una colonna d'elettro piantata nell'aria ai confini dei due regni. Li giurarono da parte dei Solani l'Infocato, l'Accalorato, l'Infiammato; e da parte dei Lunari il Notturno, il Mensuale, il Rilucente.» Così fu fatta la pace, demolito il muro, e noi con altri prigionieri renduti. Quando tornammo nella Luna ci vennero incontro ad abbracciarci con molte lacrime i compagni e lo stesso Endimione, il quale ci pregò di rimanere con lui, e di far parte della Colonia, promettendomi in moglie il figliuol suo, perchè lì non sono donne. Ma io non mi lasciai persuadere, e lo pregai ci rimandasse giù nel mare. Come ei vide che era impossibile persuadermi, ci convitò per sette giorni, e poi ci rimandò.

Durante la mia dimora nella Luna, io ci vidi cose nuove e mirabili, le quali voglio raccontare. Primamente là non nascono di femmine ma di maschi; fan le nozze tra maschi; e di femmine non conoscono neppure il nome. Fino a venticinque anni ciascuno è moglie, dipoi è marito: ingravidano non nel ventre, ma nei polpacci delle gambe: conceputo l'embrione, la gamba ingrossa; e venuto il tempo vi fanno un taglio, e ne cavano come un morticino, che espongono al vento con la bocca aperta, e così lo fan vivo. E credo che di là i Greci han tratto il nome di ventregamba, che danno al polpaccio, il quale li divien gravido invece del ventre. Ma conterò una cosa più mirabile di questa. È quivi una specie di uomini detti Arborei, che nascono a questo modo. Tagliano il testicolo destro d'un uomo, e lo piantano in terra: ne nasce un albero grandissimo, carnoso, a forma d'un fallo, con rami e fronde, e per frutti ghiande della grossezza d'un cubito: quando queste sono mature le raccolgono, e ne cavano gli uomini. Hanno i genitali posticci; alcuni di avorio, i poveri di legno, e con questi si mescolano e si sollazzano coi loro garzoni. Quando l'uomo invecchia non muore, ma come fumo vanisce nell'aere. Il cibo per tutti è lo stesso: accendono il fuoco, e su la brace arrostiscono ranocchi, dei quali hanno una gran quantità che volano per aria: e mentre cuoce l'arrosto, seduti a cerchio, come intorno ad una mensa, leccano l'odoroso fumo e scialano. E questo è il cibo loro: per bere poi spremono l'aria in un calice, e ne fanno uscire certo liquore come rugiada. Non orinano, nè vanno di corpo, e non sono forati dove noi, ma nella piegatura del ginocchio sopra il polpaccio. È tenuto bello fra loro chi è calvo e senza chiome: i chiomati vi sono abborriti: per contrario nelle Comete i chiomati son tenuti belli, come mi fu detto da alcuni che v'erano stati. Hanno i peli un po' sopra il ginocchio: non hanno unghie ai piedi, ma un solo dito tutti. Sul codrione a ciascuno nasce un cavoletto, a guisa di coda, sempre fiorito, che, se anche uno cade supino, non rompesi. Quando si soffiano il naso cacciano un mele molto agro, e quando fanno qualche fatica o esercizio da tutto il corpo sudano latte, dal quale fanno formaggio con poche gocciole di mele: dalle cipolle spremono un olio denso e fragrante, come unguento. Hanno molte viti che producono acqua: i grappoli hanno gli acini come grandini; ed io pensomi che quando qualche vento scuote quelle viti, si spiccano quegli acini, e cade fra noi la grandine. La pancia loro è come un carniere, vi ripongono ogni cosa, l'aprono e chiudono a piacere, e non vi si vede nè interiora nè fegato, ma una cavità pelosa e vellosa, per modo che i bimbi quando hanno freddo vi si appiattano dentro. Le vesti i ricchi le hanno di vetro mollissimo, i poveri di rame tessuto; chè nel paese è molto rame, e lo lavorano, spruzzandovi acqua, come la lana. Che specie di occhi hanno, ho un po' di vergogna a dirlo, perchè temo di esser tenuto bugiardo: ma pur lo dirò. Hanno gli occhi levatoi, e chi vuole se li cava e se li serba quando non ha bisogno vedere: poi se li pone, e vede. Molti avendo perduti i loro se li fanno prestare per vedere: e i ricchi ne hanno le provviste. Le orecchie poi sono frondi di platano: quei che sbocciano dalle ghiande le hanno di legno. Ed un'altra meraviglia vidi nella reggia. Un grandissimo specchio sta sopra un pozzo non molto profondo: chi scende nel pozzo ode tutte le parole che si dicono da noi sulla terra; e chi riguarda nello specchio vede tutte le città ed i popoli, come se li avesse innanzi: ed io ci vidi tutti i miei, ed il mio paese: se essi videro me non saprei accertarlo. Chi non crede tutte queste cose, se mai monterà lassù, saprà come io dico il vero.

Preso adunque commiato dal re e dai suoi, c'inbarcammo e partimmo. Endimione mi donò due tuniche di vetro, cinque di rame, ed un'intera armatura di lupini, chè io lasciai tutte nella balena. Mandò con noi mille ippogrifi per accompagnarci fino a cinquecento stadi. Nel navigare passammo vicino a molte terre, approdammo ad Espero dove la colonia era giunta di fresco, e vi scendemmo per fare acqua. Entrati nel Zodiaco, rasentammo il Sole a sinistra, ma non vi scendemmo, benchè molti compagni desiderassero scendervi: il vento non lo permise: pur tuttavia vedemmo il paese coperto di verdura, e grasso e inaffiato, e pieno di molti beni. Come ci scorsero i nubicentauri, che erano assoldati da Fetonte, ci volarono alla nave, ma conosciuto che eravamo alleati, si ritirarono. Già anche gl'ippogrifi se n'erano tornati, e noi navigando tutta la notte e il giorno appresso con la prora sempre giù, sul far della sera giungemmo a Lucernopoli, città sita nell'aere tra le Pleiadi e le Jadi, ed è più basso del Zodiaco. Sbarcati non vi trovammo uomini affatto, ma lucerne che andavano su e giù, e stavano in piazza e sul porto; alcune piccole, o per così dire povere, altre grandi, e magnatizie, molto chiare e splendenti. Ciascuna s'era fatta la sua casa, cioè il suo lucerniere, avevano nomi, come gli uomini, e udimmo che parlavano: non ci fecero alcun male, anzi ci offerirono ospitalità; ma per paura nessuno di noi s'attentò di mangiare o di dormirvi. Il palazzo della Signoria è nel mezzo della città, e quivi il signore siede tutta notte, e chiama ciascuna a nome: quale non ubbidisce alla chiamata è condannata a morte come disertrice: la morte è lo spegnerla. Noi fummo presenti, vedemmo ciò che si faceva, e udimmo alcune lucerne che facevano delle brave difese, ed allegavano le ragioni perchè erano ritardate. Quivi riconobbi anche la lucerna di casa mia, e le dimandai novelle de' miei, ed essa mi contò ogni cosa. Per quella notte rimanemmo lì: il giorno appresso salpammo, e navigando c'avvicinammo alle nuvole, dove vedemmo con grande meraviglia la città di Nubicuculia, ma non vi scendemmo, chè il vento nol permise: pure sapemmo che ivi era la reina Cornacchia, figliola di re Merlo. Allora io mi ricordai del poeta Aristofane, savio e verace scrittore, al quale certi saccentuzzi non vogliono prestar fede. Dopo tre giorni vedemmo chiaramente l'Oceano, la nostra terra no, ma quelle che stanno nell'aere, le quali già ci apparivano color di fuoco e lucentissime. Il quarto giorno verso il mezzodì, cedendo a poco a poco e posando il vento, discendemmo sul mare. Come toccammo l'acqua non so dire il piacere e l'allegrezza nostra, facemmo banchetto di ciò che avevamo, e ci gettammo a nuoto, chè era bonaccia, ed il mare come una tavola. Ma pare che spesso un mutamento in bene sia principio di maggiori mali: due soli giorni navigammo con buon tempo, al comparire del terzo dalla parte che spuntava il sole a un tratto vediamo un grandissimo numero di fiere diverse e di balene, ed una più grande di tutte lunga ben millecinquecento stadi venire a noi con la bocca spalancata, con larghissimo rimescolamento di mare innanzi a sè, e fra molta schiuma, mostrandoci denti più lunghi de' priapi di Siria acuti come spiedi, e bianchi come quelli d'elefante. Al vederla Siamo perduti dicemmo tutti quanti, ed abbracciati insieme aspettavamo: ed eccola avvicinarsi, e tirando a sè il fiato c'inghiottì con tutta la nave: ma non ebbe tempo di stritolarci, chè fra gl'intervalli dei denti la nave sdrucciolò giù.

Come fummo dentro la balena, dapprima v'era buio, e non vedevamo niente: ma dipoi avendo essa aperta la bocca, vediamo un'immensa caverna larga ed alta per ogni verso, e capace d'una città di diecimila uomini. Stavano sparsi qua e là pesci minori, molti altri animali stritolati, ed alberi di navi, ed ancore, ed ossa umane, e balle di mercatanzie. Nel mezzo era una terra con colline, formatasi, come io credo, dal limo inghiottito: sovr'essa una selva con alberi d'ogni maniera, ed erbe ed ortaggi, e pareva coltivata; volgeva intorno un dugento quaranta stadii: e ci vedevamo ancora uccelli marini, come gabbiani ed alcioni, fare loro nidi su gli alberi. Allora venne a tutti un gran pianto, ma infine io diedi animo ai compagni, e fermammo la nave: essi battuta la selce col fucile accesero del fuoco, e così facemmo un po' di cotto alla meglio: avevamo intorno a noi pesci d'ogni maniera, e ci rimaneva ancora acqua di Espero. Il giorno appresso levatici, quando la balena apriva la bocca, vedevamo ora terre e montagne, ora solamente cielo, e talora anche isole; e così ci accorgemmo che essa correva veloce per tutte le parti del mare. Poichè ci fummo in certo modo adusati a vivere così, io presi sette compagni e andai nella selva per iscoprire il paese. Non era andato cinque stadii, e trovo un tempio sacro a Nettuno, come diceva la scritta, e poco più in là molti sepolcri con colonne sopra, ed una fonte d'acqua chiara, udimmo ancora il latrato d'un cane, e vedemmo fumo lontano, e pensammo vi fosse anche qualche villa. Affrettato il passo giungemmo ad un vecchio ed un giovinetto, che con molta cura lavoravano una porca in un orticello, e l'inaffiavano con l'acqua condotta dalla fonte. Compiaciuti insieme e spauriti ristemmo: ed essi, come si può credere, commossi del pari, rimasero senza parlare. Dopo alcun tempo il vecchio disse: Chi siete voi, o forestieri? forse geni marini, o uomini sfortunati come noi? chè noi siamo uomini, nati e vissuti su la terra, ed ora siamo marini, e andiam nuotando con questa belva che ci chiude, e non sappiamo che cosa siam divenuti, chè ci par d'esser morti, e pur sappiamo di vivere. – A queste parole io risposi: Anche noi, o padre, siamo uomini, e testè giungemmo, inghiottiti l'altrieri con tutta la nave. Ci siamo inoltrati volendo conoscere come è fatta la selva, che pareva molto grande e selvaggia. Qualche genio certamente ci guidò per farci vedere te, e sapere che non siam chiusi noi soli in questa belva. Ma contaci i casi tuoi: chi se' tu, e come qui entrasti. – E quegli disse di non volerne narrare nè dimandare alcuna cosa prima di offerirci i doni ospitali che ei poteva: ci prese e ci menò a casa sua, che egli stesso si aveva costruita, bastante per lui, con letti ed altre comodità; ci messe innanzi alcuni ortaggi, e frutti, e pesci, e versò anche del vino. Poi che fummo sazi, ci dimandò di nostra ventura, ed io gli contai distesamente ogni cosa della tempesta, dell'isola, del viaggio per l'aria, della guerra, fino alla discesa nella balena. Egli ne fece le maraviglie grandi, e poi alla sua volta ci narrò i casi suoi, dicendo: – Io, o miei ospiti, sono di Cipro. Uscito per mercatare della mia patria con questo mio figliuolo che vedete, e con molti altri servi navigava per l'Italia, portando un carico di diverse mercatanzie sopra una gran nave, che forse alla bocca della balena voi vedeste sfasciata. Fino alla Sicilia navigammo prosperamente, ma di là un vento gagliardissimo dopo tre dì ci traportò nell'Oceano, dove abbattutici nella balena, fummo uomini e nave tranghiottiti; e morti tutti gli altri, noi due soli scampammo. Sepolti i compagni, e rizzato un tempio a Nettuno, viviamo questa vita, coltivando quest'orto, e cibandoci di pesci e di frutti. La selva, come vedete, è grande, ed ha molte viti, dalle quali facciamo vino dolcissimo: ha una fonte, forse voi la vedeste, di chiarissima e freschissima acqua. Di foglie ci facciamo i letti, bruciam fuoco abbondante, prendiam con le reti gli uccelli che volano, e peschiamo vivi i pesci che entrano ed escono per le branchie della balena: qui ci laviamo ancora, quando ci piace, chè v'è un lago non molto salato, di un venti stadi di circuito, pieno d'ogni maniera di pesci, dove e nuotiamo e andiamo in un burchiello che io stesso ho costruito. Son ventisette anni da che siamo stati inghiottiti: e forse potremmo sopportare ogni altra cosa, ma troppo grave molestia abbiamo dai nostri vicini, che sono intrattabili e salvatici. – E che? diss'io, sono altri nella balena? –

Molti, rispose, e inospitali, e di stranissimo aspetto. Nella parte occidentale della selva, cioè verso la coda, abitano gl'Insalumati, gente con occhi d'anguille e facce di granchi, pugnaci, audaci, crudeli. Al lato destro sono i Tritonobecchi, simili agli uomini all'insù, e all'ingiù ai pesci spada: questi sono meno tristi degli altri: al lato sinistro i Granchimani e i Capitonni, che hanno fatta lega e comunella fra loro: nel mezzo abitano gli Sgranchiati e i Piedisogliole, gente guerriera e velocissima: la parte orientale presso la bocca è tutta deserta, perchè battuta dal mare. Io poi tengo questo luogo pagando ogni anno ai Piedisogliole un tributo di cinquanta ostriche. Così fatto è il paese: e noi dobbiamo vedere come poter combattere con tante genti, e come viverci. – Quanti sono tutti questi? diss'io. – Più di mille, rispose. – E che armi hanno? – Non altro che spine di pesci. – Bene io dissi, li combatteremo; essi sono inermi, noi armati, quando li avremo vinti non ci staremo più con paura. – E così stabilito, tornammo alla nave per prepararci. Cagione della guerra doveva esser il non pagare il tributo, che appunto stava per iscadere. Infatti essi mandarono a chiederlo, e il vecchio superbamente rispondendo scacciò i messi: onde i Piedisogliole e gli Sgranchiati accesi d'ira contro Scintaro (che così si chiamava) vennero con gran fracasso ad assalirlo. Noi, che avevam preveduto questo assalto, armati li aspettammo a piè fermo, avendo disposti in agguato venticinque uomini, che come avesser veduto trapassare il nemico, dovessero levarglisi alle spalle: e così fecero. Usciti dalle insidie li tagliano alle spalle; e noi che eravam altri venticinque, perchè Scintaro ed il figliuolo combattevan con noi, li affrontiamo, con gran coraggio e bravura combattendo in mezzo a gravi pericoli. Infine li mettemmo in fuga, e li seguitammo sino alle loro tane. Perirono de' nemici centosettanta, de' nostri il solo pilota, trapassato nel tergo da una lisca di triglia. Quel giorno e la notte accampammo dove s'era combattuto, e vi rizzammo un trofeo piantando un'intera spina di un delfino morto. Il giorno appresso, saputo il fatto, comparvero anche gli altri: nell'ala destra erano gl'Insalumati guidati da capitan Pelamida, nella sinistra i Capitonni, nel centro i Granchimani. I Tritonobecchi se ne stettero cheti, e non tennero per nessuno. Noi andammo ad assalirli presso al tempio di Nettuno e ci mescolammo con altissime grida, sì che la balena tutta ne rintronava, come una spelonca. Rivolta in fuga quella nuda accozzaglia, gl'inseguimmo sino alla selva, e c'impadronimmo di tutto il rimanente del paese. Indi a poco mandarono trombetti a chiedere di seppellire i morti, e di fare amicizia con esso noi; ma noi non volemmo patti, e l'altro giorno fummo lor sopra, e li sterminammo tutti quanti, tranne i Tritonobecchi i quali veduto la mala parata, quatti quatti per le branchie della balena se la svignarono nel mare. E così spazzato il paese, e nettatolo da ogni nemico, l'abitavamo senza paura, esercitandoci nella ginnastica, nella caccia, a coltivar la vigna, a cogliere i frutti dagli alberi: insomma stavamo come prigionieri che vivono in un grande e sicuro carcere senza catena e comodamente. Un anno ed otto mesi passammo in questa guisa.

Nel nono mese, al quinto giorno, verso la seconda apertura della bocca (una volta l'ora la balena apriva la bocca, e così noi contavamo il tempo), verso dunque la seconda apertura, a un tratto udissi un gran gridare e un fracasso come di voga arrancata e di rematori. Sbigottiti ci arrampicammo alla bocca della balena, e stando in mezzo ai denti, vedemmo il più maraviglioso spettacolo di quanti mai io n'abbia veduti, omaccioni di mezzo stadio, che navigavano su grandi isole, come sovra triremi. So che racconto cose che paiono incredibili, ma pure le dirò. Le isole erano ben lunghe, non molto alte, ciascuna un cento stadi di circuito; sovr'esse navigavano un centoventi di quegli omaccioni, dei quali alcuni seduti in ordine ai due lati dell'isola vogavano tenendo in mano grandi cipressi con tutti i rami e le fronde, come fossero remi, dietro a poppa sovra un alto colle stava il piloto con in mano il timone lungo uno stadio, sulla prora una quarantina di armati combattevano, simiglianti ad uomini, tranne la chioma che era fuoco ed ardeva, onde non avevano bisogno di elmo. Invece di vele ciascuna aveva molta boscaglia, dove il vento colpiva, e portava l'isola dove voleva il pilota. V'era il nostromo che incurava la ciurma; erano sparvierate a remi, come galere. Da prima ne vedemmo due o tre, poi ne apparvero un seicento, che presero il largo ed appiccarono battaglia. Molte cozzavano con le prore fra loro, e molte a quell'urto affondavano: alcune s'appiccavano strettamente l'una all'altra e combattevano, e non si volevano staccare. Quelli schierati sulle prore mostravano un gran valore, saltando d'una in un'altra ed uccidendo, chè non si facevan prigioni. Invece di uncini e mani di ferro gettavano grandi polipi appiccati insieme, i quali abbrancavano gli alberi della boscaglia, e tenevano l'isola. Si ferivano scagliandosi ostriche ognuna quanto un carro, e spugne di un mezzo iugero. Una flotta era capitanata da Eolocentauro, un'altra da Bevimare: erano venute a battaglia per cagione di certa preda, come credo; perchè Bevimare aveva rubate ad Eolocentauro molte greggie di delfini: così io potetti udire mentre combattendo si oltraggiavano tra loro, e gridavano i nomi de' loro re. Infine quei d'Eolocentauro vinsero, affondarono un cencinquanta isole dei nemici, tre ne presero; le rimanenti voltarono la prora e fuggirono. Essi le inseguirono per certo spazio, ma sopravvenuta la sera, tornarono dove s'era combattuto, raccolsero molto bottino, e ripresero molte loro cose perdute, chè anch'essi ebbero affondate non meno di ottanta isole. Per quella battaglia isolana posero un trofeo, appesero al capo della balena una delle isole nemiche. Quella notte fecero stazione intorno la balena, alla quale legarono loro gomene: alcune isole stettero lì vicino sull'ancore. Le ancore erano grandi, di vetro, saldissime. Il giorno appresso, fatto un sacrifizio sovra la balena, e sovr'essa sepolti i loro morti, sciolsero lieti, e come cantando vittoria. E questa fu la battaglia dell'isole.

Libro secondo

Da allora in poi non potendo io sopportare di rimanere più a lungo nella balena, andava mulinando come uscirne. In prima ci venne il pensiero di forare nella parete del fianco destro, e scappare. Ci mettemmo a cavare; ma cava, e cava quasi cinque stadi, era niente: onde smettemmo, e pensammo di bruciare il bosco, e così far morire la balena. Riuscito questo, ci saria facile uscire. Cominciando adunque dalle parti della coda vi mettemmo fuoco, e per sette giorni ed altrettante notti non sentì bruciarsi; nell'ottavo ci accorgemmo che si risentiva, chè più lentamente apriva la bocca, e come l'apriva la richiudeva. Nel decimo e nell'undecimo era quasi incadaverita, e già puzzava. Nel dodicesimo appena noi pensammo che se in un'apertura di bocca non le fossero puntellati i denti mascellari da non farglieli più chiudere, noi correremmo pericolo di morir chiusi dentro la balena morta: onde puntellata la bocca con grandi travi, preparammo la nave, vi riponemmo molta provvisione d'acqua, e destinammo Scintaro a far da pilota. Il giorno appresso era già morta: noi varammo la nave, e tiratala per l'intervallo dei denti, e ad essi sospesala dolcemente la calammo nel mare.

Essendo usciti a questo modo, salimmo sul dorso della balena, e fatto un sacrifizio a Nettuno, presso il trofeo, ivi rimanemmo tre dì, chè era bonaccia, e il quarto ci mettemmo alla vela. Per via scontrammo ed urtammo molti di quelli morti nella battaglia, e misurandone quei corpacci ne facemmo le maraviglie. Per alquanti giorni navigammo in un aere temperato; poi si messe un rovaio sì violento, e venne un freddo sì grande che tutto il mare gelò, non nella sola superficie, ma sino a trecento braccia di profondità, onde noi scendemmo e ci mettemmo a correre sul ghiaccio. Durava il vento, non si poteva andare, facemmo una pensata, che veramente fu di Scintaro. Scavammo nell'acqua una spelonca grandissima, e quivi stemmo trenta giorni, tenendo acceso un buon fuoco, e mangiando i pesci che avevam trovati nello scavare. Ma come mancavano le provvisioni, demmo di piglio alla nave incagliata, la tirammo su, ed aperte le vele, eravam portati come se navigassimo facile e dolcemente, sdrucciolando sul ghiaccio. Il quinto giorno venne il caldo, il gelo si sciolse, e tutto tornò acqua.

Fatto un cammino di un trecento stadii, approdammo ad un'isoletta deserta, dove ci provvedemmo d'acqua, che già mancava, saettammo due tori selvaggi, e partimmo. Questi tori avevano le corna non sopra la testa, ma sotto gli occhi, come voleva Momo. Indi a poco entriamo in un mare non di acqua, ma di latte: e in mezzo ad esso vedevasi biancheggiare un'isola, piena di viti: l'isola era un grandissimo formaggio, ben rassodato, come dipoi ce ne chiarimmo mangiandone, e girava intorno venticinque stadii: le viti erano cariche di grappoli, dai quali non vino, ma sprememmo latte, e bevemmo. Nel mezzo dell'isola era fabbricato un tempio a Galatea (la Lattaia) figliuola di Nereo, come diceva l'iscrizione. Durante il tempo che quivi rimanemmo avemmo per pane e companatico la terra dell'isola, e per bevanda il latte dei grappoli. Regina di quel paese dicevasi che era Tiro (la Caciosa), la figliuola di Salmoneo, la quale poi che fu lasciata da Nettuno ebbe quest'onore.

Rimasti cinque giorni nell'isola, nel sesto partimmo accompagnati da un venticello che increspava leggermente il mare. Nell'ottavo giorno navigando non più nel latte ma nell'acqua salsa e cerulea, vediamo correre sul mare molti uomini simili a noi per le fattezze e la statura, se non che avevano i piè di sovero, onde erano chiamati Soveripedi. Era una maraviglia vedere come non affondavano, ma si tenevano sull'acqua, e vi camminavano senza paura: si avvicinarono a noi, ci salutarono in lingua greca, e ci dissero che andavano in Sovería loro patria. Per certo spazio ci accompagnarono correndo presso la nave; poi dovendo voltare strada, ci diedero il buon viaggio, e andaron via.

Poco appresso ci apparirono molte isole: la più vicina a sinistra era Sovería, dove quelli andavano, città fabbricata sovra un grande e rotondo sovero: lontano e verso destra cinque grandissime ed altissime su le quali ardeva molto fuoco: dirimpetto la prora una larga e bassa, dalla quale eravamo lontani non meno di cinquecento stadii. Avvicinandoci a questa, maravigliati sentimmo spirarci intorno un'aura soave e fragrante, come quella che dice lo storico Erodoto, spira dall'Arabia felice. Qual è l'odore che viene da rose, da narcisi, da giacinti, da gigli, da viole, e dal mirto ancora, dal lauro, e dal fior della vite, tale era la soavità che a noi veniva. Dilettati da questo odore, e sperando un po' di bene dopo sì lunghi travagli, più e più ci facemmo vicini all'isola, dove scorgemmo per tutto parecchi porti tranquilli e capaci, fiumi di pura acqua che placidamente mettevano in mare, e prati, e selve, e uccelli che cantavano quali sul lido, quali su pei rami degli alberi. Un aere puro e vivo era diffuso su quel paese: aurette piacevoli spirando movevano leggermente il bosco: onde dai rami commossi uscia dilettosa e continua una melodia, come suono di flauto in una parte deserta. E s'udiva un indistinto di molte voci, non tumultuose, ma quali uscirebbero di un banchetto, dove altri suona, altri canta, altri applaude al suono del flauto e della cetera. Tra tutte queste dolcezze approdiamo in un porto, e fermata la nave, discendiamo, lasciando Scintaro e due altri compagni. Avanzandoci per un prato fiorito, scontrammo le guardie, le quali legatici con ghirlande di rose, che è il legame più duro per loro, ci menarono alla signoria: ed esse per via ci dissero che quella era l'isola de' Beati, e n'era signore il cretese Radamanto. Condotti innanzi a costui, fummo giudicati dopo tre altre cause. La prima causa fu d'Aiace Telamonio, se egli debba star con gli eroi, o no: lo accusavano che era andato in furore e s'era ucciso: infine essendosi molto parlato e pel sì e pel no, sentenziò Radamanto: Per ora beva l'elleboro, e sia dato in mano al medico Ippocrate di Coo; dipoi quando avrà rimesso senno, avrà parte nel banchetto. La seconda fu una quistione amorosa fra Teseo e Menelao, che contendevano chi dei due dovesse tenersi Elena. E Radamanto decise che se la tenesse Menelao, il quale aveva sostenuto tante fatiche e tanti pericoli per lei: che Teseo aveva altre donne, l'Amazzone, e le figliuole di Minosse. La terza causa fu chi dovesse avere il luogo più onorato, se Alessandro di Filippo o Annibale cartaginese: fu deciso per Alessandro, e gli fu portato un seggio accanto al vecchio Ciro persiano. In quarto luogo fummo presentati noi, ed egli ci dimandò, per quale cagione essendo ancor vivi eravamo entrati in quel sacro paese? noi gli narrammo ogni cosa. Egli ci fa allontanare, e lungamente discute la nostra causa co' suoi assessori: e fra gli altri e molti suoi assessori era Aristide il giusto, l'ateniese. Sentenziò e dichiarò: che della nostra curiosità e del nostro viaggio saremmo puniti dopo morte, per ora rimanessimo un certo tempo nell'isola in compagnia de' Beati, e poi andassimo via. Stabilì il termine della dimora non più lungo di sette mesi. Allora ci caddero da sè le ghirlande, e così sciolti fummo condotti nella città al banchetto dei Beati.

La città è tutta d'oro, il muro che la cinge di smeraldi: ha sette porte, ciascuna un pezzo di legno di cannella: il pavimento della città e la terra dentro le mura è d'avorio: vi sono templi a tutti gli Dei e fabbricati di berillo: in essi are grandissime, d'una sola pietra, d'amatista, su le quali fanno le ecatombe. Presso la città scorre un fiume di bellissimo unguento, largo cento cubiti reali, e profondo che vi si può anche nuotare. I loro bagni sono edifizi grandi, tutti di vetro; vi bruciano cannella e invece di acqua nelle stufe è rugiada calda. Per le vesti usano ragnateli sottilissimi porporini. Non hanno corpi, sono impalpabili, e senza carne, non altro che figure ed idee; e quantunque incorporei pure stanno, si muovono, pensano, parlano: insomma pare che l'anima nuda vada intorno vestita d'una certa immagine di corpo: e se uno non li toccasse, non si convincerebbe che ciò che ei vede non è corpo: sono ombre, ma ritte in piè, e non son nere. Nessuno v'invecchia, ma in quell'età che ci viene rimane. Quindi non è nè notte nè giorno chiaro, ma un barlume simile all'albore mattutino prima che spunti il sole. Non conoscono stagioni, vi è sempre primavera, e vi spira un solo vento, il zefiro. Il paese produce tutti i fiori, tutti gli alberi domestici ed ombrosi: la vite getta dodici volte l'anno, fa il frutto ogni mese: il melogranato, il melo, e gli altri alberi fruttiferi portano tredici volte, come mi dissero; chè in un mese, chiamato di Minosse, fanno due volte il frutto. Invece di frumento le spighe in cima producono cialdoni belli e fatti, come fossero funghi. Fontane intorno alla città ce ne sono trecentosessantacinque di acqua, di mèle altrettante, di unguento cinquecento ma più piccole; sette fiumi di latte, ed otto di vino. Il banchetto si fa fuori la città nel campo detto Elisio: v'è un prato bellissimo, e intorno ad esso un bosco svariato, frondoso, di piacevole ombra a chi vi sta sdraiato, e sotto un tappeto di fiori. Valletti e scalchi sono i venti: non v'è bisogno coppieri, perchè intorno al banchetto sono grandi alberi di lucentissimo vetro, i quali per frutti producono tazze d'ogni fatta, e grandezza. Quando uno viene al banchetto coglie una o due di quelle tazze, e se le mette innanzi e quelle subito da sè medesime si riempiono di vino: così bevono. Invece di ghirlande i rosignuoli e gli altri uccelli melodiosi dal vicino prato raccolgono i fiori nel becco, e ne spargono un nembo sovr'essi cantando e volando. Gli unguenti sono sparsi così: certe nuvolette dense tirano unguento dalle fonti e dal fiume, e librate sul banchetto, mosse leggermente dai venti, piovono una spruzzaglia fina come rugiada. Nel desinare usano musiche e canti:

sono cantati specialmente i versi d'Omero, il quale è lì presente, e banchetta coi Beati, ed è adagiato vicino ad Ulisse. Vi sono cori di fanciulli e di vergini: li guidano e gli concertano Eunomo di Locri, Arione di Lesbo, e Anacreonte, e Stesicoro ancora che vedemmo lì già rappattumato con Elena. Quando cessano questi cori di cantare, ne vengono altri di cigni, di rondini, di rusignoli, e quando hanno cantato anche questi, allora tutto il bosco risponde con un suono che pare di flauti, e i venti battono il tempo. Ma la maggior consolazione è questa: vi sono due fonti vicino al banchetto, una del riso, un'altra del piacere: tutti quanti prima di banchettare tolgono una buona sorsata o dell'una o dell'altra, così banchettano piacevoleggiando e ridendo.

Ora voglio parlare degl'illustri che ci vidi. Tutti i semidei, e quelli che guerreggiarono a Troia, tranne Aiace di Locri, lui solo dicevano punito nel paese degli empi. Dei barbari v'erano i due Ciri, lo scita Anacarsi, il trace Zamolchi, e Numa italiano: v'era ancora Licurgo lacedemone, Focione e Tallo ateniesi; ed i sapienti, eccetto Periandro. Vidi Socrate di Sofronisco, che chiacchierava con Nestore e Palamede: e vicino a lui erano Jacinto lacedemonio, il tespiese Narciso, Ila, ed altri belli. A me parve innamorato di Jacinto, e a molti segni si conosceva. Dicevano che Radamanto l'aveva in uggia, e più d'una volta l'aveva minacciato di sbrattarlo dall'isola, se egli seguitasse le sue baie, e non lasciasse l'ironia. Il solo Platone non v'era, ma dicevasi abitare una città che egli stesso aveva fatta, con quel governo e leggi che egli le aveva date. Aristippo ed Epicuro c'erano i primi, essendo piacevoloni e bravi compagnoni. V'era anche Esopo frigio, che faceva da buffone. V'era Diogene tanto mutato da quel di prima, da sposar Laide, spesso levarsi a ballare ubbriaco, e fare altre mattezze nel vino. Degli stoici poi non v'era nessuno: si diceva che ancora salivano il loro alto monte della virtù. Anzi udimmo dire che Crisippo non poteva entrare nell'isola se prima non si fosse quattro volte ben purgato con l'elleboro. Dicevasi ancora che gli Academici vogliono venirci; sì, ma s'astengono, e discutono, nè giungono a capire se l'isola esiste o no; ma credo io, perchè temono il giudizio di Radamanto, come quelli che han tolto via il criterio. Molti, come si diceva, si erano pure spinti a seguitare chi ci veniva, ma poi per pigrizia s'erano rimasti indietro, per non capire affatto, e s'erano tornati a mezza via. E questi fra tutti sono i

più degni di memoria: in più onore era tenuto Achille, e dopo di lui
Teseo.

Nei piaceri di Venere v'è gran larghezza: si mescolano allo scoperto,
a vista di tutti, con femmine e con maschi, e non pare loro affatto
vergogna: solo Socrate giurava che ei non faceva un mal pensiero
quando s'accostava ai garzoni, ma tutti tenevano che egli
spergiurasse; chè spesso Jacinto e Narciso confessavano, ed ei
sempre no. Le femmine sono comuni a tutti, nessuno è geloso di un
altro, ed in questo sono platonicissimi: i fanciulli si prestano a chi
vuole, senza ripugnanza.

Non erano scorsi un due o tre giorni, ed io avvicinatomi al poeta
Omero, essendo ambedue scioperati, chiacchierai di molte cose, e gli
dimandai donde era, dicendogli che di questo sino al giorno d'oggi
si fa un gran quistionare tra noi. Ed ei rispostemi che sapeva come
alcuni lo fanno di Chio, altri di Smirne, e molti di Colofone, ma egli
era di Babilonia, e dai suoi cittadini non chiamato Omero, ma
Tigrane; e che poi venuto in Grecia con altri ostaggi, qui chiamati
omeri, aveva cangiato il nome. Lo dimandai ancora di certi versi
riprovati, se erano stati scritti da lui: ed ei mi disse che tutti erano
suoi; onde io mandai un canchero a Zenodoto ed Aristarco
grammatici che cercano il pelo nell'uovo. E questo verso? Sì. E
quest'altro? Anche. Oh, e perchè cominciasti da quel Cantami l'ira?
– Perchè così mi venne in capo: credi tu che vi pensavo? – Ed è vero,
come dicono molti, che scrivesti l'Odissea prima dell'Iliade? Costoro
non sanno quel che si pescano. – Che egli poi non era cieco, come
dicono, me ne chiarii subito, perchè lo guardai in fronte: onde non
fu bisogno dimandarlo. E di queste chiacchierate ne facevamo
spesso: quando lo vedevo sfaccendato, me gli avvicinavo, e gli
domandavo qualche cosa: ed egli volentieri mi rispondeva a tutto,
specialmente dopo che si sbrigò d'una causa, che ei vinse. Gli fu
posta una querela d'ingiuria da Tersite, per quei mali bottoni che gli
gittò nella sua poesia, ma Omero si prese Ulisse per avvocato, e
riuscì vincitore.

In quel tempo appunto ci venne Pitagora di Samo, che allora aveva
finita la settima mutazione, vissuto le sette vite, compiuti i sette
periodi dell'anima, ed aveva d'oro tutto il lato destro. Fu deciso di
ammetterlo con gli altri, ma non si sapeva ancora se chiamarlo

Pitagora o Euforbo. Ci venne anche Empedocle col corpo tutto bruciato ed arrostito, e non fu ricevuto, benchè egli pregasse e ripregasse.

Indi a poco venne il tempo dei giuochi, che essi chiamano i Mortuarii, ai quali presedettero Achille la quinta volta, e Teseo la settima. Saría troppo lungo riferirne ogni cosa; dirò le principali. Nella lotta fu vincitore Caro l'Eraclide, ed accoppò Ulisse, che gli contendeva quella corona: nel pugilato furono pari Areo egiziano, che è sepolto in Corinto, ed Epeo, venuti alle prese tra loro: pel pancrazio non vi sono premii lì: nella corsa non mi ricorda più chi fu vincitore. De' poeti per verità Omero superò tutti, pure Esiodo fu vincitore. Il premio per tutti era una corona intrecciata di penne di pavone.

Finiti allora i giuochi, si annunzia che i carcerati nel paese degli empi, rotte le catene e vinti i custodi, venivano ad assalir l'isola, guidati da Falaride d'Agrigento, da Busiride l'egiziano, da Diomede il trace, da Scirone ancora, e dal Piegapini. A questa novella Radamanto schiera gli eroi sul lido: li capitanavano Teseo, Achille ed Aiace Telamonio già rinsavito. Si venne a battaglia, e vinsero gli eroi per le gran valentie di Achille. Si portò da bravo anche Socrate, che stava nell'ala destra, molto meglio che non combattè a Delio quando era vivo; chè all'avvicinarsi dei nemici, non fuggì, nè voltò faccia: e però gli fu dato di poi in premio del valore un bel giardino suburbano, dove egli si raccoglieva con gli amici a ragionare, e lo chiamava la Mortacademia. Presi adunque i vinti, e legati, furono rimandati a pene maggiori. Omero scrisse anche questa battaglia, e quand'io me ne andai, ei mi diede il libro per portarlo tra gli uomini; ma poi con tante altre cose io lo perdei; pure mi ricorda che il poema cominciava così:

Ed or cantami, o Musa, la battagliaDe' morti eroi.

Fu cotto un calderone di fave, come usano quando si celebra la vittoria d'una battaglia, e si messero a scialare, e fare una gran festa: solo non vi prese parte Pitagora, che se ne stette digiuno e lontano, abbominando egli il mangiar fave.

Essendo già trascorsi sei mesi e metà del settimo, avvenne nuovo caso. Ciniro figliuolo di Scintaro, bello e grande della persona, da un pezzo s'era innamorato di Elena, ed ella pareva proprio impazzita del giovane. Spesso a tavola si facevano segni tra loro, e brindisi, e si levavano e andavano soli a passeggiare nel bosco. Per questo amore, e non sapendo che fare, Ciniro pensò di rapire Elena, e fuggire: ed ella acconsentì di scapparsene in una delle isole vicine, nella Soverìa, o nell'Incaciata. Avevano già tirato dalla loro tre de' miei compagni, i più arrisicati: al padre ei non fece trapelar niente, perchè sapeva che lo avrebbe impedito. Quando lor parve il bello, incarnarono il loro disegno. Venuta la notte (io non v'ero, chè a cena m'ero addormentato), essi senza che nessuno li vedesse, pigliano Elena, e presto vanno via. Verso la mezzanotte svegliatosi Menelao, e trovato il letto vuoto e senza la moglie, getta un grido, va dal fratello, corrono alla reggia di Radamanto. Fatto giorno, le vedette dicevano vedere la nave molto lontano: onde Radamanto fa montare cinquanta eroi in una nave d'asfodillo tutta un pezzo, e comanda che gl'inseguano. Fanno gran forza di remi, e verso il mezzogiorno li giungono che già erano entrati nel mare del latte presso all'Incaciata: sì poco mancò che gli amanti non se la svignassero. Legarono la nave con una catena di rose, e rimorchiandola se ne tornarono. Elena piangeva, e stava vergognosa, e si nascondeva la faccia; Ciniro e i compagni furono interrogati da Radamanto se erano accordati con altri, ed essi dissero di no. Ei li fe' legare pe' genitali, e li mandò nel paese degli empi, fattili prima ben flagellare con malve.

Fu decretato di cacciare anche noi dall'isola, e datoci tempo a rimanervi solo il giorno appresso. Io m'addolorai e piansi di dover lasciare tanti beni e rimettermi alla ventura: ma quelli mi consolavano dicendo che tra pochi anni ritornerei tra loro, e m'additavano un seggio e un posto serbato per me, vicino ai migliori. Andai da Radamanto, e molto lo pregai di dirmi il futuro, ed i casi che avrei per mare. Ed egli mi rispose, che tornerei sì in patria, ma dopo molto vagare e molti pericoli; e non mi volle dire il tempo del ritorno, ma additandomi le isole vicine (ne comparivano cinque, ed una più lontana): Queste, mi disse, sono le isole degli empi, queste vicine, su cui vedi bruciare gran fuoco; la sesta è la città dei sogni, dopo viene l'isola di Calipso, che non ti apparisce affatto. Quando avrai oltrepassate queste isole giungerai sul gran continente che è opposto a quello abitato da voi: quivi dopo molti travagli, e viaggi per diverse genti, e tra uomini intrattabili, tornerai alla fine nell'altro continente. Questo disse: e sterpata di terra una radice di malva, me la porse, ingiungendomi che nei più gravi pericoli mi raccomandassi a quella. E mi diede questo avvertimento: Quando arriverai in quella terra, non cavare il fuoco con la spada, non mangiar lupini, non t'impacciare con zanzeri che abbiano più di diciotto anni. Abbi questo a mente, e sii certo che tornerai in quest'isola.

Dopo di questo cominciai i preparativi per la partenza: ma, essendo già l'ora, andai a cenare con loro. Il giorno appresso andai dal poeta Omero, e lo pregai di farmi un'iscrizione: ei subito me la fece, ed io la scrissi sovra una colonna di berillo, che rizzai sul porto. L'iscrizione era questa:

Luciano che fu caro ai beatiNumi del Cielo, esti beati lochiVide, e tornossi nella patria terra.

Essendo rimasto per quel giorno, il dimani partii: gli eroi vennero ad accompagnarmi: tra i quali accostommisi Ulisse, che di nascosto di Penelope mi diede una lettera da portare a Calipso nell'isola Ogigia. Radamanto mandò meco per accompagnarci il pilota Nauplio, acciocchè se fossimo portati a quelle isole, nessuno ci prendesse, chè noi navigavamo per altri affari nostri. Poichè uscimmo di quell'aere odoroso, subito ne circondò un gran puzzo come d'asfalto, di zolfo, e di pece che ardono insieme, ed un fumo stomachevole ed insopportabile, come quello che viene da cadaveri che bruciano: l'aria era scura e caliginosa, e pioveva una rugiada di pegola: e s'udiva rumore di flagelli, e lamenti di molti uomini. Non ci avvicinammo alle altre isole, ma quella su cui smontammo era tutto intorno balze e dirupi nudi, senz'alberi, e senz'acqua: pure arrampicatici per quei precipizii, ci mettemmo per un sentieruzzo pieno di spine e di stecchi, e camminando tra grande squallore ed orrore venimmo alla carcere, al luogo dei supplizi, che era mirabile, e così fatto. Il suolo per ogni parte era irto di spade e di spiedi, e intorno vi scorrevano tre fiumi, uno di fango, uno di sangue, uno più dentro di fuoco; e questo grande ed invalicabile, correva come acqua, gonfiavasi come mare, e aveva pesci quali come tizzoni, quali più piccoli come carboni accesi, e chiamati lucernette. Una sola e stretta è l'entrata, e portinaio stavvi Timone ateniese. Entrati i condotti da Nauplio, vedemmo i supplizi di molti re, e di molti privati, dei quali riconobbi alcuno: vedemmo anche Ciniro che stava ad affumicarsi appiccato pei genitali. Le guide ci contavano la vita di ciascuno, e le cagioni dei supplizi: e dicevano che le pene più gravi sono date a chi dice la bugia qui, specialmente agli storici che non iscrivono la verità, come Ctesia di Cnido, Erodoto, ed altri molti. Ond'io vedendo costoro, tutto mi consolai per me, chè io non so d'aver detto mai bugia.

Tornato subito alla nave, chè non potevo più sostener quella vista, accomiatai Nauplio, e partii. Indi a poco eccoci presso l'isola dei sogni, che pareva e non pareva, proprio come un sogno, chè come noi ci avvicinammo, essa ritraevasi, sfuggivaci, e più e più s'allontanava. Infine l'afferrammo, ed entrati nel porto detto del sonno, presso la porta d'avorio, dov'è il tempio del Gallo, a sera tardi smontammo; ed entrati nella città, vedemmo molti e varii sogni. Ma voglio prima dire della città, chè nessuno ne ha scritto, ed Omero che il solo ne fa menzione, non ne scrisse niente bene. Intorno le gira una selva di alberi altissimi che sono papaveri e mandragori, su i quali sta un nugolo di pipistrelli, soli volatili che nascono nell'isola: vicino le scorre un fiume chiamato il Nottivago, e presso le porte sono due fontane, dette Nonsisveglia e Tuttanotte. Le mura della città sono alte, e variamente colorate come l'iride. Le porte non sono due, come disse Omero, ma quattro: due guardano verso il campo della pigrizia, una di ferro, un'altra di mattoni, per le quali entrano ed escono i sogni terribili, micidiali, crudeli; due verso il porto ed il mare, l'una di corno, l'altra, onde noi passammo, d'avorio. Entrando nella città si trova a destra il tempio della Notte: questa, fra tutte le divinità, è quivi adorata, ed il Gallo, il cui tempio sta presso il porto. A sinistra sta la reggia del Sonno, il quale è re, ed ha due satrapi e vicarii, lo Sconturbato figliuolo di Nascivano, e l'Arricchito figliuolo di Fantasio. In mezzo la piazza è una fontana detta l'Assopita, e vicino due templi dell'Inganno e della Verità; nei quali è il sacrario e l'oracolo, e per sacerdotessa che spiega i sogni la Contraddizione, alla quale re Sonno ha dato quest'onore. Il popolo de' sogni non era d'una razza e d'un aspetto, ma quali erano lunghi, dolci, belli, piacevoli; altri piccoli, duri, brutti; altri tutti oro e ricchi; altri poveri e meschini. Ve n'erano alati, e di strane figure: e di quelli vestiti sfarzosamente, alcuni da re, alcuni da dii, ed altri con altri ornamenti. Ne riconoscemmo parecchi, che già vedemmo nel nostro paese, i quali ci vennero incontro, ci salutarono, come suol farsi tra vecchi amici, ci presero per mano, ci vollero ospiti, e fattici addormentare, ci trattarono con grande sfarzo e splendidezza, e ci promisero di farci re e satrapi. Alcuni ci condussero anche nelle nostre patrie, ci mostrarono i nostri, e lo stesso giorno ci ricondussero. Trenta giorni ed altrettante notti rimanemmo tra essi dormendo e scialando: dipoi all'improvviso scoppio d'un gran tuono svegliatici, e levatici in piè facemmo provvisioni, e partimmo.

Il terzo dì giunti all'isola Ogigia, dismontammo: io primamente sciolsi i legami della lettera, e la lessi: diceva così: «Ulisse a Calipso salute. Devi sapere che io quando mi partii da te su la zattera che io m'avevo costruita, feci naufragio, ed a pena fui salvato da Leucotoe nel paese dei Feaci: dai quali rimandato a casa mia, vi trovai molti cicisbei di mia moglie, che sguazzavano su la roba mia. Io li uccisi tutti quanti; ed infine Telegono, che mi nacque da Circe, uccise me. Ed ora sono nell'isola dei Beati, pentito assai di aver lasciata la bella vita che menava con te, e l'immortalità che tu mi offerivi. Se dunque mi verrà fatto, fuggirommene e sarò da te.» Questo era il senso della lettera: diceva ancora due parole di raccomandazione per noi. Essendomi dilungato un po' dal mare trovai la grotta della dea tale quale la descrive Omero, e lei che filava lana. Come ella prese la lettera e la lesse, pianse lungamente, poi c'invitò alla mensa ospitale, ci trattò lautamente, e ci dimandò di Ulisse e di Penelope, come ella era di volto, e se era casta, come Ulisse gliela vantava: e noi le rispondemmo cose che ci pareva le dovessero piacere. Dipoi ce ne tornammo alla nave, e lì vicino sul lido ci addormentammo: la mattina, messosi un buon vento, salpammo.

Per due giorni avemmo burrasca, il terzo scontrammo i Zucchepirati, uomini feroci, che dalle isole vicine assaltano e svaligiano chi naviga per quei mari. Hanno grandi navigli, che sono zucche lunghe sessanta cubiti. Quando sono secche le vuotano, ne cavano la midolla, e vi navigano armandole con alberi di canna e con vele fatte di foglie di zucche. Ci assaltano adunque con due di quelle loro fuste bene armate, ci combattono, feriscono molti scagliandoci, invece di pietre, grossi semi di zucche. Durava incerta la battaglia, quando verso mezzodì vediamo dietro i Zucchepirati venire a vele gonfie i Nocinauti, loro sfidati nemici, siccome poi si vide. Come quelli si accòrsero d'essere assaliti, lasciarono noi, e si rivolsero a combattere, e noi levata la vela fuggimmo, lasciandoli che s'accapigliavano tra loro. Parveci che il vantaggio l'avessero i

Nocinauti, perchè avevano cinque navigli bene armati e più forti: i navigli erano mezzi gusci di noci, vuotati, ed ogni mezzo guscio aveva la lunghezza di quindici cubiti. Perdutili di vista, ci demmo a curare i feriti: e da allora in poi stemmo sempre su l'armi, aspettandoci qualche altra insidia: e ci giovò. Chè non s'era ancora corcato il sole, e da un'isola deserta ci vengono sopra con gran furia una ventina d'uomini cavalcanti sopra delfini: eran questi anche ladri, e i delfini che li portavano galoppavano e nitrivano come cavalli. Avvicinatisi sparpagliansi chi di qua chi di là, e ci scagliano ossi di seppie, ed occhi di granchi: e noi con dardi e saette li respingiamo: sicchè avuti parecchi feriti, fuggirono a rimbucarsi nell'isola.

Verso la mezzanotte, essendo bonaccia, urtammo senza addarcene in un grandissimo nido d'alcione, che aveva un sessanta stadii di circuito: sovr'esso stava l'alcione che covava le uova, e non era minore del suo nido, per modo che quando si levò per poco non fece affondare la nave col vento delle ali. Se ne fuggì mandando un lugubre lamento. Discesivi sul fare del giorno, vediamo il nido simile ad una grande zattera fatta di grossi alberi; sopra vi stavano cinquecento uova, ogni uovo più capace d'una botte di Chio: dentro ai quali si vedevano i pulcini che pigolavano: con la scure aprimmo un uovo, e ne cavammo un pulcino implume, più grosso di dodici avoltoi.

Passati un dugento stadii oltre il nido, ci avvennero grandi e mirabili prodigi: il paperin di prora a un tratto starnazzò l'ali e strillò; il pilota Scintaro, che era calvo, rimbiondì; e la più nuova fu che l'albero della nave germogliò, mise i rami, ed in punta portò frutti, fichi ed uve grandi, non ancora mature. A questa vista noi naturalmente sbigottiti pregammo gl'Iddii di allontanar da noi la maluria. Non eravamo andati oltre un cinquanta stadii e vediamo una selva grandissima e folta di abeti e di cipressi. Credemmo fosse il continente, ma era il mare senza fondo che aveva germinati alberi senza radici; gli alberi stavano saldi, ritti, e piantati su l'acqua. Fattici più da presso, guarda e riguarda, non sapevam che fare: navigare per mezzo agli alberi folti e continui non era possibile, tornare indietro non era facile. Io m'arrampicai sovra l'albero più alto per iscoprire qualcosa al di là, e vidi che la selva continuava così cinquanta stadii o poco più, e dipoi v'era altro mare. Pensammo adunque di porre la nave sovra gli alberi che eran foltissimi, e tragittarla, se era possibile, nell'altro mare: e così facemmo. La legammo con un gran canapo, e montati su gli alberi, a gran fatica la tirammo su: e adagiatala sovra i rami, spiegata la vela, andavam come sul mare, pinti dal vento. Allora mi ricordai del poeta Antimaco, che in una parte dice:

Venian per mar selvoso navigando.

Valicata la selva giungemmo all'acqua, e calata la nave allo stesso modo, navigammo su l'acqua limpida e trasparente: finchè pervenimmo sopra una gran voragine che s'apriva nell'acqua, come quelle che vediamo per tremuoto su la terra. La nave, ammainata subito la vela, a pena si fermò, e mancò per poco che la non fosse travolta giù. Sporgemmo il capo, e vedemmo una profondità di quasi mille stadii, terribile molto e maravigliosa: l'acqua rimaneva come spaccata. Guardando intorno vedemmo verso destra non molto lungi un ponte fatto di acqua, la quale univa i due lembi dello spacco, e dall'un mare correva nell'altro. Facendo forza di remi piegammo a quella parte, e con molta agonia tragittammo il ponte, e non ce lo credevamo.

Quindi ci accolse un mare tranquillo e un'isola non grande, accessibile, abitata da uomini salvatichi, detti Bucefali, con teste di bue e corna, come dipingesi il Minotauro. Discesi, c'inoltrammo per fare acqua, ed anche un po' di vettovaglia, se era possibile, chè non ne avevamo più. L'acqua trovammo lì vicino; ma altro non appariva niente, se non che udivamo certi muggiti poco lontani. Credendo che fosse una mandra di buoi, prendiam quella via, e troviamo uomini, i quali al vederci ci danno addosso, e afferrano tre compagni: noi altri fuggiamo alla dirotta verso il mare. Ma dipoi armatici tutti quanti (chè non volevamo lasciare i compagni invendicati) piombiamo sopra i Bucefali che si spartivano le carni di quei poveri uccisi, li atterriamo, gl'inseguiamo, ne uccidiamo una ventina, e presine due vivi, ce ne torniamo coi prigioni, non avendo trovato vettovaglie affatto. I compagni consigliavano di scannare i catturati; ma io mi opposi, e li feci tenere legati e custoditi finchè vennero araldi dai Bucefali con la taglia per riscattarli, chè da certi segni e da flebili muggiti noi capimmo che essi ci pregavano di mercè. Il riscatto fu molti caci, pesci secchi, cipolle, e quattro cervi a tre piedi, i due di dietro, e quei d'avanti appiccati in uno. Così rendemmo i prigioni, e rimasti un sol giorno, partimmo.

Già cominciavano a comparire pesci, ed uccelli che ci volavano intorno, ed altri segni che il continente era vicino. Poco dopo vedemmo uomini che navigavano in una nuova maniera; erano marinai e navi insieme; ed ora vi dico la maniera. Si mettono a giacere supini su l'acqua col coso ritto (e li hanno ben lunghi), al quale legano la vela, e con le mani tengono la scotta: il vento gonfia la vela, e navigano. Altri seduti sopra sugheri sferzavano due aggiogati delfini, che correndo tiravano i sugheri. Costoro non ci facevano alcun male, nè ci fuggivano, ma senza paura e quieti ci venivano vicino, facevano le maraviglie della nostra nave, e la riguardavano per ogni verso.

Sul calar della sera approdammo ad un'isoletta abitata da femmine, come credemmo, che parlavano greco: esse ci vennero incontro, ci salutarono, ci abbracciarono; erano vestite ed abbigliate come cortigiane, tutte belle e giovani, e trascinanti lunghe vesti per terra. L'isola chiamavasi la Cavallara, e la città Acquavittima. Le donne adunque ci presero, e ciascuna condusse uno di noi a casa sua e l'ospitò. Io andando un poco a rilento, perchè il cuore non mi presagiva bene, e guardando attentamente intorno, vedo molte ossa e teschi umani sparsi qua e là: avrei voluto gridare, chiamare i compagni, correre all'armi, ma mi tenni; e cavata la santa malva, fervorosamente me le raccomandai, che mi scampasse dai presenti pericoli. Ed ecco poco appresso, mentre la mia albergatrice s'affaccendava per la casa, le vidi non gambe di femmina ma unghie di asina. Sfodero la spada, l'afferro, la lego, le dimando: Dimmi, che è cotesto? Ella non voleva, ma pure infine parlò e disse che esse erano ninfe marine, chiamate Gambedasine, e mangiano i forestieri che quivi capitano. Li ubbriachiamo, soggiunse, ci corchiamo con essi, e mentre dormono li accoppiamo. All'udir questo, la lascio qui legata, salgo sul tetto, e con un grido chiamo i compagni: e venuti racconto il fatto, addito le ossa, e li conduco a quella legata, la quale subito diventò acqua, e sparì: ma io per una pruova messi la spada nell'acqua, che diventò sangue. Tornati in fretta alla nave, andammo via.

Al rompere del giorno noi vedendo il continente credemmo fosse quello che è opposto al nostro: onde ringraziati ed adorati gl'iddii, consultammo sul da fare. Alcuni proponevano di scendere per poco, e subito tornare indietro: altri lasciar la nave lì, ed entrar dentro terra, e conoscere chi v'abitava. Mentre facevam questi conti ci viene addosso una gran burrasca, che batte la nave sul lido, e la sfascia: noi appena ci salvammo a nuoto, ciascuno con le sue armi e con che altro potè afferrare.

E questi sono i casi che m'avvennero fino a che giunsi nell'altra terra navigando per mare, e nelle isole, e nell'aria, e dipoi nella balena, ed uscito di là nel paese degli eroi, e dei sogni, ed infine tra i Bucefali e le Gambedasine: i casi poi che m'avvennero nell'altra terra li racconterò nei libri seguenti.